D0678072

la courte échelle

**De la même auteure, à la courte échelle**

**Collection Premier Roman**

Série Thomas:
*Au revoir, Camille!*
*Le concert de Thomas*
*Ma mère est une extraterrestre*
*Je suis Thomas*

**Collection Roman Jeunesse**

Série Notdog:
*La patte dans le sac*
*Qui a peur des fantômes?*
*Le mystère du lac Carré*
*Où sont passés les dinosaures?*
*Méfiez-vous des monstres marins*
*Mais qui va trouver le trésor?*
*Faut-il croire à la magie?*
*Les princes ne sont pas tous charmants*
*Qui veut entrer dans la légende?*
*La jeune fille venue du froid*
*Qui a déjà touché à un vrai tigre?*
*Peut-on dessiner un souvenir?*
*Les extraterrestres sont-ils des voleurs?*
*Quelqu'un a-t-il vu Notdog?*
*Qui veut entrer dans la peau d'un chien?*

**Collection Roman+**

*Le long silence*

Série Paulette:
*Quatre jours de liberté*
*Les cahiers d'Élisabeth*

## Sylvie Desrosiers

Sylvie Desrosiers aime autant émouvoir ses lecteurs que les faire rire. Son chien Notdog amuse les jeunes un peu partout dans le monde, car on peut lire plusieurs de ses aventures en chinois, en espagnol, en grec et en italien.

À la courte échelle, Sylvie Desrosiers est également l'auteure de la série Thomas, publiée dans la collection Premier Roman, et de trois romans pour les adolescents. *Le long silence*, paru dans la collection Roman+, lui a d'ailleurs permis de remporter en 1996 le prix Brive/Montréal 12/17 pour adolescents, ainsi que la première place du Palmarès de la Livromanie et d'être finaliste au Prix du Gouverneur général. Pour son roman *Au revoir, Camille!*, elle a reçu en 2000 le prix international remis par la Fondation Espace-Enfants, en Suisse, qui couronne «le livre que chaque enfant devrait pouvoir offrir à ses parents». Sylvie Desrosiers a aussi publié deux livres pour les adultes à la courte échelle, et elle écrit pour le cinéma et la télévision. Et, même lorsqu'elle travaille beaucoup, elle éteint toujours son ordinateur quand son fils rentre de l'école.

## Daniel Sylvestre

Daniel Sylvestre a commencé très jeune à dessiner, et ce goût ne l'a jamais quitté. Après des études en arts décoratifs puis en arts graphiques à Paris, il a collaboré à des films d'animation, fait des illustrations pour des magazines et réalisé des affiches publicitaires. Aujourd'hui, on peut voir ses illustrations dans de nombreux pays.

À la courte échelle, Daniel Sylvestre a créé le personnage du tout petit Puce, et il est le complice de Bertrand Gauthier pour les albums Zunik. Il a d'ailleurs reçu le prix Québec-Wallonie-Bruxelles pour *Je suis Zunik*. Il est également l'illustrateur de la série Clémentine de Chrystine Brouillet, publiée dans la collection Premier Roman, ainsi que des couvertures de plusieurs livres de la collection Roman+.

Les éditions de la courte échelle inc.
5243, boul. Saint-Laurent
Montréal (Québec) H2T 1S4

Direction artistique:
Annie Langlois

Révision:
Sophie Sainte-Marie

Conception graphique de la couverture:
Elastik

Conception graphique de l'intérieur:
Derome design inc.

Mise en pages:
Mardigrafe inc.

Dépôt légal, 1er trimestre 2004
Bibliothèque nationale du Québec

La courte échelle reconnaît l'aide financière du gouvernement du
Canada par l'entremise du Programme d'aide au développement de
l'industrie de l'édition pour ses activités d'édition. La courte échelle
est aussi inscrite au programme de subvention globale du Conseil
des Arts du Canada et reçoit l'appui du gouvernement du Québec par
l'intermédiaire de la SODEC.

La courte échelle bénéficie également du Programme de crédit d'impôt
pour l'édition de livres — Gestion SODEC — du gouvernement du
Québec.

**Données de catalogage avant publication (Canada)**

Desrosiers, Sylvie

    Aimez-vous la musique?

    (Roman Jeunesse; RJ130)

    ISBN: 2-89021-709-4

    I. Sylvestre, Daniel. II. Titre. III. Collection.

PS8557.E874A75 2004          jC843'.54          C2003-941885-5
PS9557.E874A75 2004

# Sylvie Desrosiers

# AIMEZ-VOUS LA MUSIQUE?

Illustrations
de Daniel Sylvestre

la courte échelle

# Chapitre I

## Savez-vous planter du maïs, à la mode, à la mode, savez-vous planter du maïs, à la mode de chez nous

Assis à sa table de cuisine, le fermier Norm Plante est penché sur le tracé de son futur labyrinthe. «Il doit être encore plus difficile d'en sortir que l'année dernière», pense-t-il.

Car ce labyrinthe est l'une des attractions majeures de la fin de l'été dans ce charmant village des Cantons de l'Est.

«Voyons, de combien de maïs aurai-je besoin?» se demande-t-il. Car c'est dans un champ de maïs que grands et petits iront se perdre.

«Et puis tant pis, cette année, je plante sur les terres de Léon! Des fantômes, je n'en ai jamais vu», se dit-il. Tant pis, car Norm Plante n'a pas osé planter quoi que ce soit dans l'ancienne ferme ravagée par le feu il y a plusieurs années. Ce fut une triste page de l'histoire de ce village, puisque la jeune Élisabeth et son vieux chien Tom y ont péri.

«La terre est riche, le maïs poussera comme de la mauvaise herbe et il sera géant», croit le fermier. Il avait raison. Trois mois plus tard, le labyrinthe n'avait jamais été si haut et il n'attendait plus que les visiteurs.

Au même moment, non loin de là, Not-dog, le chien le plus laid du village, est en proie à la panique. Dans une cage de métal froid qui sent fortement l'urine, il essaie de se débarrasser de ce nouveau collier affreusement paralysant. Il geint: «Oh, Jocelyne, ma maîtresse adorée, pourquoi, pourquoi, pourquoi m'as-tu abandonné?»

# Chapitre II
# Du maïs sur la planche

Outre le labyrinthe de maïs, la fin du mois d'août apporte avec elle trois événements de la plus haute importance au village: un peu de fraîcheur après la canicule, la rentrée scolaire et la mégavente de garage des citoyens.

Bien sûr, la rentrée scolaire est loin d'être populaire auprès des enfants. Par contre, la vente de garage les fascine toujours.

Justement, cette année, les élus municipaux ont décidé de donner plus d'ampleur et de sérieux à ce qui est, dans la réalité, un gigantesque ménage de sous-sols. La responsable de la culture, Mme Bédard, propriétaire de la boutique de cadeaux

Baie d'Art, a eu l'idée de jumeler la vente avec une grande exposition.

L'aréna du village deviendra donc pour l'occasion galerie-garage, ce qui a inspiré Mme Bédard pour un slogan accrocheur: ICI, ON EST GAGA. À côté des vieilles casseroles, des patins rouillés, des casse-tête auxquels il manque une pièce, on pourra admirer la surprenante créativité artistique de la population.

Pas très loin de l'aréna, à l'extrémité nord de la rue Principale, se trouve un vieux *stand* à patates frites, anciennement propriété de Steve La Patate. Il est maintenant occupé par une agence de détectives, l'agence Notdog, du nom de sa mascotte, le chien le plus laid du village.

L'agence est tenue par un trio d'amis âgés de douze ans, surnommés «les inséparables». À l'intérieur, deux des trois détectives s'activent à trier ce qu'ils pourraient bien vendre à l'aréna.

John, l'Anglais blond à lunettes, décroche une affiche de cheval:

— Je l'ai assez vu, lui. Puis il est tout déchiré dans les coins où j'ai mis les polonaises.

Agnès, la petite rousse qui porte des

broches*, arrête un instant son inspection des crayons:

— Les punaises, John, pas les polonaises! le reprend-elle comme elle le fait chaque fois que le garçon se trompe en français, ce qui arrive souvent.

— Les punaises, ce ne sont pas les insectes qui piquent dans les lits?

— Oui, et aussi des jetons pour jouer à des jeux de société. Et ma mère dit qu'elle se fait du sang de punaise si je suis en retard de cinq minutes à la maison.

— C'est ça qu'ont les chiens, non?

— Non, ce sont des puces. Ah! parlant de chien.

La porte s'ouvre en effet sur Jocelyne, le dernier membre du trio, une jolie brune. Un corps jaune aux poils rêches la suit. On ne peut voir sa tête qui est cachée dans une sorte d'entonnoir en plastique blanc. Mais bien sûr, on sait de qui il s'agit: Notdog.

Le chien est accueilli par de grands éclats de rire.

— C'est quoi, ça? demande Agnès.

— C'est un collier élisabéthain, répond Jocelyne.

---

* Appareil orthodontique.

La tête basse, Notdog va s'écraser dans un coin, non sans mal car il accroche son collier partout. «Ils rient! Pas de respect pour les chiens blessés! J'aimerais les voir dans ma peau juste une heure! Ils riraient moins fort.»

— Il me boude depuis que je suis allée le chercher, explique Jocelyne. Un chien, ça ne comprend pas que c'est pour son bien.

«Mon bien? Je me fais attaquer par un renard qui manque de me déchirer en miettes. Et qu'est-ce qu'on fait pour me consoler? On me donne une piqûre! Et on m'enferme deux jours! Deux jours chez le bourreau des animaux. Dans une cage! C'est censé être mon bien, ça?»

— La vétérinaire dit qu'il doit garder le collier encore trois jours. Sinon, il va arracher ses points de suture.

— On pourrait peut-être le vendre, pouffe John. Croyez-vous que quelqu'un en voudrait?

Notdog lève la tête, insulté: «On parle de moi, là.»

— Couche, Notdog, couche, lui ordonne gentiment Jocelyne. Des fois, j'ai l'impression qu'il comprend plus que je pense.

— C'est seulement une impression, dit Agnès, sûre d'elle. Alors? La récolte?

Les inséparables ont cherché ce qu'ils pourraient bien vendre à l'aréna. Avec les sous, ils ont l'intention de redécorer leur local.

— Je suis prêt à me séparer de mes livres de bébé, annonce John.

— Tu ne les lis plus? le taquine Jocelyne.

— Oui, parfois. Ça me rappelle mon enfantement.

— Es-tu sorti du ventre de ta mère avec un livre? s'étonne Agnès.

— Non! Je parle de quand j'étais petit.

— Enfance, John, ça te rappelle ton enfance, pas ton enfantement, le reprend-elle.

Elle enchaîne:

— J'ai ramassé de vieux toutous, des vêtements trop serrés dont ma jeune soeur ne veut pas et un bricolage datant de la maternelle.

De son côté, Jocelyne a retrouvé un vieux baladeur avec des cassettes, quelques jouets usés et une pile de dessins qu'elle a faits de Notdog.

À ce moment-là, la porte s'ouvre en claquant. Le petit Dédé Lapointe entre en trombe, comme s'il était poursuivi.

— Dédé! Qu'est-ce qui se passe?

Le garçon regarde dehors, à gauche, à droite, puis ferme la porte.

— Je peux vous demander un service?

Avec précaution, il pose un sac sur la table. Le sac se met à bouger et on voit apparaître deux minuscules oreilles pointues, un nez rose et un corps noir et blanc.

— C'est le plus minuscule de la portée de ma chatte. Ma mère veut tous les donner, mais moi, je veux le garder.

Jocelyne prend le chaton pas plus long que sa main:

— Si ta maman ne veut pas, tu ne peux pas le garder. Il va sûrement atterrir dans une bonne maison.

Ce n'est pas l'avis de Dédé:

— On ne sait pas! Tout à coup que c'est un savant fou qui le choisit? Et qu'il fait des expériences sur lui? Je refuse qu'il parte! Je l'aime. Est-ce que je peux vous le laisser, le temps de convaincre ma mère? demande le pauvre garçon avec de grosses larmes au coin des yeux.

Agnès se penche vers lui:

— D'accord, d'accord, on va le garder quelques jours, à la condition que tu viennes t'en occuper. On pourrait le confier à Notdog…

«On parle de moi, encore?» Notdog lève la tête paresseusement. Dédé caresse son chat qui ronronne et le dépose délicatement près du chien. Le futur fauve commence tout de suite à lui mordiller une patte. Digne, Notdog l'endure, empêtré qu'il est dans son collier, mais il se dit en soupirant: «Ce n'est vraiment pas ma journée.»

Sa journée ne faisait que commencer. Celle des inséparables aussi, qui ne s'attendaient pas à la visite-surprise de Norm Plante.

— Écoutez, il y a quelque chose de bizarre dans mon labyrinthe de maïs. Ce n'est ni minéral, ni végétal, ni animal.

— Qu'est-ce que ce pourrait être, alors?

— C'est justement ce que je suis venu vous demander de trouver.

# Chapitre III

# Bienvenue aux ramasseux, patenteux, barbouilleux

Sur le gazon, près de l'entrée de l'aréna, Bob Les Oreilles Bigras, un personnage bien connu au village, met la dernière main à sa sculpture monumentale. Pour l'empêcher de nuire et de penser à des mauvais coups, les élus ont eu l'idée d'occuper le motard local en lui proposant de réaliser une oeuvre.

Bob, à court de projets malfaisants ces temps-ci, s'est lancé dans l'aventure. Résultat: une sculpture gigantesque imaginée à partir de pièces de moto. Des pneus crevés et des tuyaux d'échappement s'entremêlent à des réservoirs d'essence décorés de flammes, à des rayons de roue et à des casques avec des têtes de mort. Le

tout est entouré de mouches attirées par
le parfum de vieille graisse de Bob.

Agnès et Jocelyne arrivent près de lui.

— Tu t'es forcé, Bob! dit l'une.

— Tu es presque bon, renchérit l'autre.

Pour Bob, les inséparables sont les en-
nemis jurés qui viennent toujours faire
échouer ses plans douteux. Les apprécia-
tions moqueuses des filles n'ont rien pour
améliorer les choses.

— Tiens, les microbes. Mes vieilles
amies… dalites!

Il éclate d'un gros rire gras en se tapant sur les cuisses.

Elles passent leur chemin en se disant que, franchement, l'art n'améliore pas la santé mentale du motard.

— On aurait dû aller au labyrinthe avec John, regrette Jocelyne.

— Oui, mais ma mère compte sur nous pour vendre ses vieilleries. Il n'avait rien à vendre, ton oncle?

— Ses vieilleries, il les vend déjà au dépanneur.

L'aréna est un vrai bric-à-brac où les tables s'alignent tant bien que mal. On trouve de tout: meubles, vêtements, outils, casseroles, lampes, cadres, tapis, jouets.

Côté artisanat, les napperons tissés, les arrangements floraux, les décorations de Noël sont légion.

La production artistique ne manque pas non plus, étalant les multiples talents locaux, peintres sur cuivre, photographes d'insectes, sculpteurs de pierre, de métal, de bois ou de tout à la fois.

Une armée de bénévoles a cuisiné pour les visiteurs des tartes, des muffins et toutes choses sucrées permises car elles sont faites maison.

Enfin, pour mettre de l'ambiance, on a engagé l'homme-orchestre du village, Mozart Tremblay. Mozart sait jouer de tous les instruments et le montre fièrement en transportant en même temps sa guitare, son harmonica, son accordéon et son triangle.

Agnès et Jocelyne s'installent avec leurs marchandises à une table qui leur a été assignée.

À côté d'elles, à droite, se trouve Madeleine Mouton, grand-mère et grande tricoteuse de tuques. Elle en a cent qui l'ont occupée tout l'hiver dernier. Elle a aussi vidé ses armoires de bouts de laine et patrons, et a déniché un vieux violon oublié dans sa boîte depuis vingt ans.

À gauche, Aimé Talbot dit «Métal», le plus célèbre sculpteur de la région, étale ses oeuvres. Avec ses biceps développés comme des ballons de plage, il travaille sans trop d'efforts les vieilles clôtures et les lits en fer pour en faire des… On ne sait pas quoi au juste, mais ça se vend.

De l'autre côté de l'allée, Dédé Lapointe et sa mère viennent d'arriver. Dédé la regarde déposer des jouets sur la table. Puis, dès qu'elle se retourne, il en prend un ou deux qu'il remet dans une boîte.

— Dédé ne veut pas que sa mère vende ses jouets, remarque Jocelyne.

— Il ne veut pas qu'elle vende quoi que ce soit! précise Agnès. J'espère que Notdog n'a pas mangé son petit chat.

Comment le pourrait-il? Le voudrait-il, le pauvre chien en serait bien empêché par son collier. «Gardien de bébé! Me voici rendu gardien de bébé chat! Quel déshonneur!» pense justement le chien le plus laid du village.

— Alors, votre trio est devenu un duo? demande Aimé Talbot, en train d'astiquer avec un chiffon ce qui ressemble à une trottinette à moineaux.

— John est censé nous rejoindre plus tard, répond Agnès. Il avait… euh… un détour à faire.

\* \* \*

En effet, John faisait tout un détour. Pour être plus précis il est, en ce moment, complètement perdu dans le labyrinthe de Norm Plante.

«Voyons, par où suis-je passé? Il me semble que c'était par ici. Non. Plutôt par là. Allons vers la gauche. Impasse. Revenons sur nos pas. Bon. Ce couloir, tiens. Ah! une ouverture. Ce n'était pas si difficile. Maintenant. Par où?

«En tout cas, à part du maïs et des toiles d'araignées, je ne vois rien de bizarre ici. Avançons encore. Je sens que j'arrive à la sortie. Ah… non. OK. Concentrons-nous. Je reviens à la croisée de tantôt. Voilà. Il fallait prendre cette entrée-ci. Ça y est. Je suis dans la bonne direction. Encore? Mais c'est trop compliqué, cette année! Tout le monde va se perdre ici!»

Bien sûr, il pense en anglais. Ce qui explique qu'il ne fasse pas d'erreurs.

* * *

Pendant ce temps, à l'aréna, les acheteurs sont arrivés nombreux pour l'ouverture. Chacun espère trouver l'aubaine, le trésor ou n'importe quoi dont il n'a pas besoin, pourvu que ça ne coûte pas cher.

Aimé Talbot a vendu un de ses outils. Agnès, un bricolage fait à partir de rouleaux d'essuie-tout. Le baladeur de

26

Jocelyne s'est déjà envolé. Et il y a un attroupement devant la table de Mme Mouton.

Ses tuques disparaissent comme des petits pains chauds, vu la venue imminente de l'hiver, dans trois mois. Parmi les skieurs, les mères de famille et les frileux, on distingue deux personnes intéressées au vieux violon de Mme Mouton. La première est un monsieur aux gants blancs et la deuxième, une dame qui porte une broche en forme de violon.

— Oh! il n'est pas à vendre, explique la tricoteuse. Je l'ai exposé en décoration pour la table. C'est un souvenir de mon cousin qui était violoneux.

La déception se lit sur les deux visages. La dame tend une carte de visite à Madeleine Mouton, sur laquelle il est écrit: «S. Trad, luthière».

— Si jamais vous changez d'idée, j'aimerais vraiment l'acheter. On pourrait en discuter. J'aime restaurer les violons.

L'homme aux gants blancs s'immisce entre les deux:

— Si je peux me permettre. Je me présente: Nicolas Du Vernis, collectionneur. Ce violon m'intéresse, moi aussi.

Mais voici que s'interpose Mozart Tremblay:

— Si jamais ce violon est à vendre, c'est moi qui l'achète, hein, Madeleine?

— Il ne l'est pas. Point.

\* \* \*

Dans le labyrinthe de maïs, John tourne encore en rond.

«Norm Plante a dû se perdre lui-même là-dedans! Ce qu'il y a de bizarre dans son labyrinthe, c'est son tracé.» Il décide d'appeler:

— Hé, ho! Il y a quelqu'un?

La réponse qu'il reçoit n'est pas celle à laquelle il s'attendait. Ce qu'il entend, c'est une chanson. Une voix féminine qui fredonne un air joli tout près de lui. Il regarde autour, ne voit personne.

— Il y a quelqu'un? lance-t-il, inquiet.

La chanson s'arrête.

— Où êtes-vous? demande-t-il, de plus en plus nerveux.

Les plants de maïs bruissent au passage d'un vent léger. On dirait un froufrou. Mais il n'y a toujours personne.

# Chapitre IV
# L'oreille de Notdog

— Je le savais qu'on aurait dû accompagner John! Ce n'est pas normal qu'il ne soit pas encore de retour, dit Jocelyne.

— Quelle heure est-il?

Cette question, Agnès l'a déjà posée dix fois depuis une demi-heure. Sa mère et sa petite soeur ont pris la relève à leur table jusqu'à la fermeture, à dix-neuf heures. Elle et Jocelyne partent à la recherche de leur ami. Elles vont d'abord à l'agence chercher Notdog, fin limier. Ce n'est pas parce qu'il a la tête dans un entonnoir que son odorat est en panne.

«Enfin on me confie une tâche à la hauteur de mes capacités! On ferme la garderie», pense Notdog, prêt à partir à la recherche de John. Mais il n'aura pas très loin à aller: à peine a-t-il déboulé les deux marches de l'agence à cause de son collier que le garçon arrive en courant, à bout de souffle.

— Norm a raison! Il y a quelque chose dans le labyrinthe! J'ai entendu un chant. J'ai senti une présence. Sauf qu'il n'y avait personne! Personne!

Le coeur de John bat à tout rompre, à cause de sa course, bien sûr, mais aussi de sa frayeur.

— Je vous jure que ce n'est pas mon imagination!

Normalement, sans son collier, Notdog aurait entendu les pas et le souffle discret de la personne qui s'est arrêtée tout près. Il aurait également repéré l'odeur caractéristique. Mais il avait la tête tournée dans la direction opposée.

— Qu'est-ce qu'on fait? demande Agnès à ses amis.

— On ira demain, suggère Jocelyne. À quatre, avec Notdog.

— J'ai eu tellement peur que je ne sais même pas où cela s'est passé dans le labyrinthe. Encore moins comment j'en suis

sorti! Il est extrêmement difficile cette année. Il faudra des pains de repère.

— Des points de repère, John.

Cette nuit-là, chacun des inséparables
rêve de fantômes. Exceptionnellement,
John dort avec sa lampe de chevet allu-
mée. Et Notdog s'endort avec un chaton
roulé en boule contre lui. «Bientôt, il va
m'appeler maman… Un chien ne peut pas
descendre plus bas…»

Le lendemain matin, le village était en
émoi. Mais le labyrinthe n'en était pas la
cause.

# Chapitre V

# Deux catastrophes valent mieux qu'une

«Violon de valeur volé à la vente!»

Voilà le titre en première page du *Journal du Quotidien* du village.

Dans les faits, personne ne connaît la réelle valeur de l'instrument. Il pourrait tout aussi bien n'être qu'un mauvais violon.

Mais comment Manon Crayon a-t-elle appris la nouvelle? C'est la question que pose Jocelyne à son oncle en mangeant ses céréales.

— Hé! les journalistes sont souvent mieux informés que les policiers! lui explique Édouard Duchesne.

En tant que dépanneur fournisseur de journaux, il est bien entendu le premier à les lire quand il les reçoit.

— Quels sont vos plans aujourd'hui? demande-t-il à sa nièce. La vente à l'aréna, je suppose?

— Oui, mais ce matin, on va faire un tour du côté du labyrinthe.

— Norm m'a dit qu'il est fameux cette année.

«Tu n'as pas idée à quel point!» pense Jocelyne.

Les trois inséparables se sont donné rendez-vous à l'agence. Les voilà maintenant en route pour le champ de maïs, accompagnés de Notdog.

— Il y avait beaucoup de monde qui s'intéressait à ce violon, hier, commence Jocelyne.

— Crois-tu Mozart Tremblay capable de voler? réfléchit Agnès.

— Je n'ai pas dit ça. Il y a les deux autres aussi.

— Peut-être que Mme Mouton a depuis toujours un trésor dans son sous-sol sans le savoir, dit John. Comment s'appelle le fameux lutin italien?

— Lutin? Luthier, tu veux dire, le reprend Agnès. Je ne sais pas.

— Hum, Antonio quelque chose… poursuit le garçon.

— En tout cas, avec ce vol de violon, il y a un deuxième mystère à tirer au clair. Qu'est-ce que tu as apporté pour marquer le chemin? demande Jocelyne.

— Des rubans orange.

Ils arrivent à l'entrée du labyrinthe.

John avance en premier, essayant de se rappeler où il est passé la veille. Pas facile. Notdog s'empêtre dans les plants de maïs.

— Attends, je vais t'aider. Je te remettrai ton collier tout de suite en sortant d'ici.

Jocelyne enlève donc à Notdog son instrument de torture et de ridicule. «Ne pas lécher mes points, ne pas lécher mes points. Mais ça pique!» Pas fou, Notdog décide de traîner un peu en arrière et d'être seul pour se gratter tout son soûl.

À chaque croisée, à chaque tournant, les inséparables attachent un ruban. John essaie de retrouver l'endroit où il a entendu la chanson, sauf que rien ne ressemble plus à une rangée de maïs qu'une autre. Ils rebroussent chemin, prennent une allée différente, explorent sans réaliser qu'ils posent leurs repères dans tous les coins et embrouillent ainsi leur route.

Ils s'arrêtent souvent, tendent l'oreille. Un craquement soudain: c'est un petit suisse qui passe à toute vitesse. Un bruit plus loin: c'est un oiseau qui essaie de picorer un épi. Tout autour, les rumeurs de la nature, rien de plus.

— Où est Notdog?

Jocelyne ne s'inquiète pas. Elle est habituée aux fugues de son chien, guidé d'habitude par son odorat et son estomac. Elle sait qu'il n'est pas loin. Elle l'appelle.

«Ma maîtresse m'appelle.» En chien consciencieux qu'il est, il va évidemment obéir. Mais avant de la rejoindre, il accepte encore deux biscuits et une caresse. Puis il file.

— Il y avait quelque chose. Ou quelqu'un, jure John.

— On te croit. Sauf qu'on dirait que la chose ou le quelqu'un ne se montrera pas ce matin. On a fouillé partout. Comment va-t-on sortir d'ici maintenant? Il y a des rubans partout! s'inquiète Agnès.

— Avec lui, dit Jocelyne en voyant son chien. Hein, Notdog? Amène-nous vers la sortie. Enfin, l'entrée.

Notdog reste là. «Sa demande n'est pas claire», pense-t-il.

— À la maison.

«Maison» est le mot qui vient juste avant «manger» dans le dictionnaire de Notdog. Il sait très bien quel chemin prendre. À une croisée toute proche, il s'arrête; pourquoi pas une caresse en passant? Ça fait toujours plaisir. Mais la gentille demoiselle n'est plus là.

\* \* \*

À l'expo-vente, John a accompagné ses amies. Dédé Lapointe vient prendre des nouvelles de son chat. Rassuré de le savoir dans la chambre de Jocelyne, Dédé retourne vite aux côtés de sa mère. Pour la surveiller.

Madeleine Mouton est entourée de curieux venus voir la dame à qui on a volé un violon de valeur. Pour l'encourager, chacun lui achète une tuque. Elle n'en a jamais vendu autant!

Les inséparables profitent de l'affluence et font de bonnes affaires. Ainsi que leur voisin, Métal, qui vient tout juste de trouver preneur pour son oeuvre intitulée *Savoir-fer*.

— Hé, regardez qui arrive, lance Agnès

en voyant s'approcher celui qui s'est présenté la veille sous le nom de Nicolas Du Vernis.

Il s'adresse à Mme Mouton.

— J'ai appris la triste nouvelle. Et je viens vous offrir mon aide, en tant que collectionneur et connaisseur des instruments à cordes. Pouvez-vous me dire ce qui était écrit à l'intérieur du violon? Le nom du fabricant?

— Mon Dieu, attendez… Stradivarius, je crois.

John réagit:

— C'est le nom que je cherchais! Antonio Stradivarius!

Du Vernis continue:

— Ce fut le plus grand luthier de tous les temps. Et ses violons valent une fortune.

— Quand ils sont authentiques!

La voix est celle de la dame qui se dit luthière.

— Il y a des milliers de violons qui arborent un collant à l'intérieur, sur lequel est écrit Stradivarius. Mais ce ne sont que de piètres copies. Je peux, moi aussi, vous aider à authentifier votre violon.

— Elle l'a pourtant bien examiné, hier, murmure Agnès à Jocelyne.

Une autre personne fait une apparition soudaine: Manon Crayon.

— J'aimerais avoir une entrevue avec vous, Madeleine. Racontez-moi d'où vous vient cet instrument qu'on vous a volé.

— De mon cousin Léon. L'homme dont la ferme a brûlé il y a vingt ans. Vous souvenez-vous?

— Oui, répond Manon, c'est justement sur ses terres que le fermier Plante a érigé le magnifique labyrinthe de maïs cette année.

— Quand on parle du pou... dit John.

— Quand on parle du loup, John, pas du pou, du loup, le reprend Agnès.

Le fermier arrive justement à leur table, avec son odeur de foin qui ne le quitte jamais:

— Je voudrais vous parler.

— Nous aussi! Nous sommes allés dans votre champ et...

Agnès ne termine pas sa phrase.

— Je sais. C'est de ça dont il est question. Il n'y a absolument rien d'étrange dans ce champ. Je vous ai conté une histoire. Mais j'ai réalisé que tu avais eu très peur, John. Je t'ai entendu hier. Je... euh... voulais rendre le labyrinthe mystérieux,

euh… pour attirer la clientèle. Je croyais…
enfin, ne le prenez pas mal… que vous
ébruiteriez cette histoire, vous comprenez?
Il n'y a rien dans ce champ.

— Et pourtant, je ne suis pas fou, dit
John.

— Non! Loin de là. C'est ma faute.

Manon Crayon les interrompt:

— Monsieur Plante, vous avez connu Léon. Il jouait assez bien du violon, selon Mme Mouton.

— Bien? C'était le meilleur violoneux des cantons! Mais sa fille Élisabeth jouait encore mieux. Quand on lui disait à quel point elle avait du talent, elle répondait: «Mais non, c'est à cause de mon violon.» Et elle ajoutait: «On a l'impression qu'il joue tout seul.»

Aimé Talbot ne peut pas s'empêcher de se frotter les mains. Agnès le voit. Ainsi que le clin d'oeil que Mozart Tremblay adresse au sculpteur.

# Chapitre VI

# La parole est d'argent, mais la musique est d'or

— Je vais faire un tour, annonce John. Est-ce que je peux emmener Notdog?

Jocelyne lui confie son chien caché sous la table. Notdog est trop heureux de fuir tous les gens qui rient de lui et de son collier élisabéthain.

John a lui aussi le sentiment très désagréable qu'on a ri de lui. Il a décidé de se rendre au labyrinthe, histoire de vérifier les dires de Norm Plante. Au fond de lui, il est tout de même content d'apprendre qu'il n'y a pas de fantôme. Qui n'a pas peur des fantômes?

— Allez, Notdog, tu restes avec moi et tu me montres le chemin.

Notdog n'avance pas.

— Ah oui, ton collier t'embarrasse. Je vais te le refiler.

Il veut dire «retirer», mais ce n'est certainement pas Notdog qui le lui fera remarquer.

Une fois libéré, Notdog s'engage dans le labyrinthe.

— Tu as l'air de savoir où tu vas!

John le suit en écoutant le vent, les feuilles, les craquements, les bourdonnements d'abeilles, les cris d'oiseaux. Il a droit au halètement discret d'un renard, que Notdog fuit au plus vite. Ça lui rappelle une piqûre.

Rien d'autre.

Notdog le devance. John court pour le rattraper avant de le perdre.

— Notdog! Attends-moi!

Lorsque John le rejoint enfin, Notdog est assis au milieu du chemin. À côté de lui, une jeune fille qu'il ne connaît pas caresse la tête du chien.

— Bonjour, dit-elle. Je m'appelle Lili.

— C'est toi que Norm Plante a engagée pour m'effrayer?

— T'effrayer?

— C'est toi qui chantais, hier?

— Oui, c'est moi.

Ce que John ne comprend pas encore, c'est que Lili ne répond qu'à une seule de ses deux questions.

\* \* \*

Le restaurant Steve La Patate est bondé. Il existe une tradition sacrée au village, celle du thé-glacé-beigne-à-l'érable de seize heures le samedi. Héritée des Anglais et adaptée au goût des Français, cette vieille habitude a lié depuis longtemps les deux communautés du coin.

Et depuis que Steve a fait l'acquisition de Poutine, un perroquet qui reçoit la clientèle, les enfants de toutes origines se sont mis au thé glacé.

Agnès et Jocelyne sont à leur table habituelle, près de la fenêtre. Au fond du restaurant, Aimé Talbot et Mozart Tremblay sirotent leur thé. Jocelyne les montre d'un signe de tête à son amie:

— Ils sont un peu bizarres, ces deux-là.

— Métal a l'air très content et Mozart, très nerveux. Je ne vois pas ce que ça a de bizarre.

La porte d'entrée s'ouvre dans un grand bruit:

— Salut, le barbecue! lance Bob à Poutine.

— Bienvenue chez Steve, répond l'oiseau.

— Pas lui, lui souffle Steve. Qu'est-ce que je te sers, Les Oreilles?

— Un *cheeseburger*. Pas de fromage.

Il va s'asseoir à la table du sculpteur et du musicien.

— Salut. La seule table libre est à côté des microbes. Vous ne me verrez pas à côté d'eux autres. J'ai assez de parasites comme ça!

D'un coup d'oeil, les deux hommes prennent une décision commune:

— On y va.

Personne ne veut manger en compagnie de Bob, pour qui une serviette de table sert à la même chose que ses manches: se moucher.

Ils s'installent donc près de Jocelyne et d'Agnès. La conversation de Mozart et de Métal n'aurait rien eu de louche, n'eût été du fait qu'ils se parlaient à voix basse.

— En tout cas, il n'y a jamais eu tant de monde. C'était ce qu'on voulait, dit Aimé Talbot.

— Oui, mais… Ça prend peut-être des proportions trop grandes? s'inquiète Mozart.

— Mais non!

— Es-tu sûr que Manon ne se doute de rien?

— Elle ne mène pas une enquête, elle fait du journalisme, ce n'est pas pareil.

— Je ne suis quand même pas très à l'aise.

— On n'a rien fait de mal, au contraire. On amène des clients qui savent enfin que le village existe.

Rien n'est très précis. Sauf que ça l'est suffisamment pour qu'Agnès et Jocelyne comprennent que ces deux-là sont pour quelque chose dans cette histoire de violon.

— Crois-tu que ce sont eux qui ont volé le violon? murmure Jocelyne.

— Ça m'en a tout l'air…

À ce moment-là, Madeleine Mouton entre chez Steve.

— Et un pogo, un! crie Poutine.

Normalement, Madeleine Mouton aurait ri et dit un mot à Poutine. Cette fois-ci, elle lui adresse un «allo» pressé.

— Il faut qu'on lui parle, décide Agnès.

Elle fait un signe à la dame pour l'inviter à venir s'asseoir avec elles. La tricoteuse s'approche, les salue d'un petit sourire et prend place… à la table d'à côté. Avec Aimé Talbot et Mozart Tremblay.

— Mon Dieu! T'es-tu vu l'air? On dirait que tu n'es pas contente! lui reproche le sculpteur.

— J'étais contente. Mais la situation a changé.

— Comment ça? demande Mozart.

— Le violon a été volé.

— Quoi? lancent les deux hommes abasourdis.

En entendant cela, Agnès et Jocelyne ne comprennent pas.

— De quoi parle-t-elle? Elle sait bien qu'il a été volé, chuchote Jocelyne. Et pourquoi devrait-elle être contente?

Madeleine Mouton se penche pour murmurer entre ses dents à ses compagnons de table, soudain sans voix:

— Et si ce violon avait réellement de la valeur?

— Qui aurait pu le voler?

— Je ne sais pas. Du Vernis?

— Il est avec nous! On l'a engagé pour qu'il crée un intérêt autour du violon en jouant le faux collectionneur. Il n'y connaît strictement rien, aux violons.

— Si le violon vaut cher, ça peut tout changer. Il y a cette femme aussi, qui est luthière.

Elle aperçoit les filles qui les observent. Elle leur sourit:

— Alors, vos affaires vont bien? Je crois qu'il ne vous reste plus grand-chose à vendre.

Métal se lève, va payer pour lui et ses amis. Il leur fait signe et ils sortent.

Bob les suit de peu:

— Mets ça sur mon compte, Steve! Je te paye demain!

— Ouais, ouais, avec quel argent?

— Fie-toi à Bob.

# Chapitre VII

# Tous pour un et un pour qui?

— Elle s'appelle comment?

— Lili, répond John à Agnès.

Dans la fraîcheur qui tombe à la fin d'une journée chaude du mois d'août, les inséparables se racontent ce dont ils ont été témoins dans l'après-midi. Notdog, lui, est tout content, car John a oublié son collier dans le labyrinthe. Il profite de son autonomie retrouvée pour gambader joyeusement autour de sa maîtresse.

— Elle m'a conté qu'elle a déjà habité pas loin mais, en général, elle ne répondait pas à mes questions. Elle m'en posait surtout. Elle avait des biscuits de chien dans les poches; Notdog était ravi.

— Est-ce que c'est elle que tu as entendue chanter hier? demande Jocelyne.

— Elle m'a dit que oui. Elle s'est informée du village. Je lui ai appris que la grande nouvelle était qu'on avait volé le violon de Madeleine Mouton.

— Jusque-là, elle n'a rien d'étrange, juge Agnès.

— Elle a l'air normale, oui. Mais elle m'a dit que ce violon était le sien.

Jocelyne soupire:

— Bon. Encore une qui s'ajoute à l'histoire! Ça commence à faire beaucoup de monde. D'après ce qu'on a entendu, quelqu'un a volé à Mme Mouton le violon qu'elle s'était déjà volé à elle-même. Aïe aïe aïe!

— Ce n'est pas sûr, répond Agnès qui ne saute jamais trop rapidement aux conclusions.

— Admettons. Sauf qu'il y a cette Lili qui prétend que le violon lui appartient. Métal et Mozart Tremblay qui semblent avoir comploté avec Madeleine. Du Vernis qui est avec eux. En passant, croyez-vous que c'est son vrai nom?

— Veux-tu gager que non? lance Agnès. Et il y a Bob qui fait savoir qu'il aura de l'argent. D'habitude, il ne travaille pas pour en avoir.

— Et cette femme luthier; qui dit qu'elle n'est pas une fausse luthière? Comment en avoir le coeur net? demande Jocelyne.

— Voici ce que je suppose, annonce John.

— Propose, John, propose…

\* \* \*

Discrètement, Jocelyne suit Bob. Le motard s'en va d'un pas sautillant en sifflant un air impossible à identifier tellement il fausse. Mais il est d'excellente humeur, ce qui est toujours louche chez lui.

Il s'arrête en plein milieu de la rue, se retourne:

— Je t'ai vue! Est-ce que je gagne quelque chose?

— Quoi? On a bien le droit de se promener nous aussi, bafouille Jocelyne en faisant semblant de jouer avec son chien.

— Penses-tu que je ne sais pas que tu me suis? Bob est plus intelligent que ça. Pas mal plus, même.

— Ah oui? Comment ça?

— Tu l'apprendras bien tôt ou tard.

Il arrive à la hauteur de la Caisse populaire, pousse la porte. Jocelyne le suit toujours:

— Qu'est-ce que tu fais? Pas un vol de banque, j'espère!

— Pouah! Je vais m'ouvrir un compte, chère.

— Toi? Tu as de l'argent!

— J'en aurai. Il y a des gens qui connaissent bien, eux, ce qui a de la valeur.

Il entre fièrement dans la banque.

\* \* \*

Méfiante et nerveuse, Madeleine Mouton compte les recettes de la journée. L'affluence a été inespérée.

Agnès l'observe du coin de l'oeil. «Décidément, cette histoire de vol d'un violon de valeur a attiré beaucoup de curieux. Je commence à comprendre ce qui aurait pu la motiver à déclarer un faux vol. C'est peut-être l'idée d'Aimé Talbot. Ou de Mozart Tremblay. Ou des trois.»

— Madame Mouton? Est-ce que je peux vous poser une question?

— Euh... oui... ça dépend.

— Connaissez-vous une certaine Lili?

La tricoteuse réfléchit:

— Non, je ne vois pas. Pourquoi?

— Il y a une Lili qui affirme que votre violon est le sien.

— Impossible! La seule Lili que j'ai connue et à qui appartenait effectivement ce violon est ma petite-cousine Élisabeth. Qui est morte voilà déjà vingt ans.

— Ah.

— Vous l'avez rencontrée où, cette soidisant Lili?

— Oh, ce n'est pas à moi qu'elle a parlé, mais c'était dans les parages du labyrinthe de maïs.

Madeleine Mouton reste figée, l'argent dans les mains. Vite, elle se ressaisit.

— Élisabeth… Ça, c'est du Norm…

Ce n'était qu'un murmure, mais Agnès a bien vu le sourire sur son visage.

* * *

De son côté, John s'est rendu à l'auberge Sous mon toit, où logent Mme S. Trad et celui qui prétend s'appeler Nicolas Du Vernis. Il croise le grand Bill, roi de la vadrouille et de la guenille, chargé du ménage à l'auberge.

— As-tu vu M. Du Vernis, Bill?

— Du Vernis… Ah oui! Le monsieur qui est violoniste?

— Violoniste?

— Enfin, c'est ce que j'en ai déduit puisqu'il a un violon dans sa chambre. Il n'y a que les violonistes qui se promènent avec des violons, c'est ce que je me dis.

— Pas seulement, Bill.

— Ah bon. Il était dans le jardin tantôt, quand je suis allé ramasser les verres dehors. Parce qu'on dirait qu'il va y avoir de l'orage.

John le remercie et va dans le jardin éclatant des fleurs plantées par Bill, aussi roi de la pelle et de l'engrais à ses heures. Du Vernis est toujours là.

Et il est rejoint par Mme S. Trad.

Bien dissimulé derrière les magnifiques tournesols de Bill, John écoute:

— Croyez-vous vraiment que ça peut être un vrai Stradivarius? demande Du Vernis.

— Elle ne m'a pas laissée l'examiner assez longtemps.

— Vous allez pouvoir le faire.

— Comment ça?

Du Vernis se penche à l'oreille de la femme et lui murmure quelque chose.

— Quoi? Ici! Et les autres, s'ils viennent?

— Mais non. Ils ne se doutent pas que
c'est moi. Venez.

Ils se lèvent, entrent dans l'hôtel, mon-
tent vers les chambres. John sait maintenant où est le violon.

Enfin, savait. Car il voit Du Vernis et
S. Trad rappliquer dans le hall. Du Vernis
interroge la réceptionniste en tremblant:

— Quelqu'un est-il entré dans ma
chambre?

— À part Bill, non.

— Appelez-le.

— Pourquoi?

— Parce qu'on m'a volé un objet de
grande valeur.

\* \* \*

— Mais qui l'a, alors?

Voilà la question que les trois inséparables se posent, après qu'ils se sont re-
trouvés à l'agence.

— Soit Bob l'a vendu, soit Mme S. Trad
ment à Du Vernis et le lui a déjà subtilisé,
réfléchit Agnès.

— S. Trad! s'exclame Jocelyne. Pas
très subtil. Ça fait STRAD, Stradivarius.

— Il y a une troisième possibilité à dévisager, dit John.

— Envisager, John, pas dévisager. Laquelle?

— Que le violon ait été volé par un fantôme.

— Même ça, c'est sûrement arrangé.
Par Norm.

Agnès en est certaine.

# Chapitre VIII
# Un garçon avec de l'intuition

C'est le lendemain matin seulement que la pluie a commencé à tomber. Mais ce qui réveille Jocelyne, ce n'est pas le bruit des gouttes sur la fenêtre de sa chambre, c'est un garçon de six ans dégoulinant qui frappe à sa porte.

— Ton oncle m'a fait entrer. Je suis venu voir mon petit chat.

Son animal chéri est roulé en boule dans les pattes de Notdog, lui-même roulé en boule.

— Tu es de bonne heure, Dédé.

— Non, il est déjà sept heures.

Jocelyne se cache la tête sous l'oreiller.

— Oh non!

— Je ne vais pas te déranger. On va sortir de la chambre. Dors.

Dédé prend son chaton et sort, suivi de Notdog, qui ne voit pas l'arrivée de Dédé d'un bon oeil. «Comment ça, il me vole MON chat?» pense-t-il. C'est qu'il est en train de s'y attacher!

L'oncle de Jocelyne prépare son café à la cuisine:

— Veux-tu un chocolat chaud, Dédé?

— Non merci. Mais avez-vous de la crème?

Édouard Duchesne sort le contenant du réfrigérateur. Dédé en verse une soucoupe à son chat et une à Notdog. Puis il enfile son imperméable:

— Est-ce que je peux aller dehors avec les animaux, monsieur Duchesne?

— Oui. Ne t'éloigne pas, par exemple.

Dédé sort en tenant le chaton bien au chaud dans son manteau.

— Et toi, Notdog?

Attentif parce que Dédé lui parle, Notdog s'assoit. «On ne sait jamais, ça pourrait être important. Il pourrait me parler de nourriture…»

— Veux-tu des biscuits? demande Dédé.

Notdog se lève et s'approche.

— Tu en veux. Je n'en ai pas.

Dédé lui montre ses mains vides. Notdog, intelligent, comme tout le monde le sait, se dit: «Je sais où il y a des biscuits. Des meilleurs que ceux que Jocelyne me donne.»

— Attends! crie Dédé en le voyant dévaler l'escalier.

Mais le chien le plus laid du village n'entend que le mot «biscuit» qui résonne dans sa tête.

— Viens, chaton, on va rattraper Notdog. M. Duchesne ne veut pas qu'il s'éloigne.

En ce dimanche matin orageux, il n'y a personne d'autre dans la rue Principale que le petit Dédé et Notdog. Bientôt, l'enfant à l'imperméable jaune disparaît dans la campagne.

* * *

— Ça fait vingt minutes que Dédé est sorti. Et je ne le vois nulle part. Avant que je m'inquiète vraiment, va chercher où il est. Il ne peut pas être bien loin.

— OK. J'y vais, répond Jocelyne à son oncle, pas très contente.

Encore endormie, elle s'habille et sort. Il pleut à verse. Elle cherche partout dans les alentours, dans les cours, au parc et jusqu'en arrière de chez Steve, où Notdog aime fouiller dans les poubelles. Rien.

«Dédé n'est pas tout seul, il est avec Notdog. Il n'y a rien à craindre», se dit Jocelyne. Mais tout de même.

Elle sonne chez Agnès et lui explique la situation. Elles appellent John qui vient bientôt les rejoindre.

— Bon. On laisse évidemment tomber le violon pour ce matin. C'est Dédé qu'il faut trouver, dit Jocelyne.

John a alors une réflexion surprenante:

— Et si les deux choses allaient ensemble?

— Pardon? s'étonne Agnès. Dédé ne sait pas jouer du violon!

— Dédé est avec Notdog. Notdog veut toujours remplir son gros ventre, explique John.

Jocelyne proteste:

— Son ventre n'est pas gros!

— D'accord, il n'est pas gros. Dans le labyrinthe, Lili lui donnait des biscuits. Il a pu entraîner Dédé là-bas. Et hier, on a pensé que Lili a peut-être volé le violon, enfin, elle est spectre.

— Je ne crois pas à cette histoire de fantôme! affirme haut et fort Agnès.

— Non, je veux dire qu'elle pourrait être coupable.

— Suspecte! Pas spectre, comprend Jocelyne. John a peut-être une piste. C'est tout à fait le genre de Notdog de retourner à une bonne source de nourriture. Même si ce n'est pas vrai qu'il a un gros ventre. Il faut bien chercher quelque part.

Quand les inséparables sortent de la maison pour se rendre dans le champ de maïs, l'orage gronde au loin.

* * *

L'intuition de John ne l'avait pas trompé. Ils les ont trouvés assez facilement.

Notdog se gave de biscuits. Dédé est en train de raconter que sa mère va le déposséder de ses pyjamas de nourrisson, mais certainement pas de son chaton. Lili caresse la tête de la petite bête qui émerge de l'encolure de l'imperméable de Dédé. Et seule Lili ne semble pas le moins du monde incommodée par le torrent qui tombe du ciel à ce moment.

— Moi aussi, j'ai quelque chose de précieux pour moi, dit-elle. Un violon.

— Tu ne peux pas le garder. Il est à Madeleine Mouton, lance John de loin.

Surprise, Lili aperçoit les trois inséparables qui s'approchent.

— Non! C'est mon violon.

Agnès avance vers elle:

— Avant d'appartenir à Madeleine, ce violon était la propriété d'Élisabeth, la fille de Léon, qui est morte dans un incendie. Qui es-tu?

Quelques secondes, le silence règne. Puis:

— Je suis Élisabeth.

Dédé la regarde et essaie de comprendre ce qu'il vient d'entendre:

— Tu es un fantôme, alors?

Il blêmit. Agnès, elle, pense à la réaction de Madeleine lorsqu'elle lui a parlé de Lili:

— Mais non! C'est encore une manigance de Norm Plante. Il nous a raconté qu'il y avait des choses bizarres dans son champ juste pour qu'on en parle et ainsi attirer les curieux. Il t'a engagée pour faire le fantôme.

— Norm? Il ne m'a jamais vue. Je suis chez moi, c'est tout. Ma chambre était ici, à l'endroit où nous sommes. Écoutez.

Elle ouvre la boîte cachée sous des feuilles de maïs, sort l'instrument tant

convoité sans prendre garde à la pluie. John a le réflexe d'enlever son imperméable et de protéger la tête de la jeune fille avec. Elle commence à jouer.

Combien de temps? On ne sait pas. Les enfants sont sous le charme, l'enchantement. La musique est trop belle. Et la musicienne, experte, magicienne, fée.

Ce n'est qu'à la toute fin que les inséparables se rendent compte qu'elle ne touche pas à terre, qu'elle flotte dans les airs.

Agnès n'est plus si sûre d'elle. Seul Notdog n'a pas l'air du tout dérangé par l'idée d'être en présence d'un fantôme. Tant que les biscuits sont réels…

— N'ayez pas peur. Je ne veux de mal à personne. Je m'ennuie. Mais comme j'ai retrouvé mon bon vieux violon, je suis très heureuse.

Lili range enfin l'instrument.

Jocelyne revient peu à peu de sa stupeur:

— Ce violon a-t-il vraiment de la valeur?

— C'est un Stradivarius. Le meilleur.

John dit alors quelque chose d'étonnant:

— Tu ne dois pas le garder, Lili.

— Et pourquoi?

— Parce que ce que je viens d'entendre est trop beau et que plus personne n'écouterait jamais ce violon.

— Sauf moi.

— Sauf toi.

Lili réfléchit. Puis elle tend la boîte à John.

— Il faudra offrir ce violon à quelqu'un qui joue très très bien. Et qu'il se promène partout dans le monde pour que le plus de gens possible profitent de cette musique. Peut-être que je pourrais essayer la flûte?

— J'en ai une! Je te l'apporte si tu veux.

C'est ainsi qu'Agnès s'est adressée pour la première fois à un fantôme.

# Chapitre IX

## Tout ne peut être acheté ou vendu

— Merci d'avoir ramené mon Dédé, les enfants. Alors, mon garçon, est-ce que tu t'es bien amusé chez Jocelyne?

— On est sortis et j'ai parlé avec un fantôme!

La mère de Dédé est habituée aux histoires farfelues de son fils à l'imagination fertile. Persuadée qu'il s'agit encore une fois d'une de ses inventions, elle le fait entrer en souriant:

— Oh! viens me raconter ça.

La pluie tombe toujours pendant que les inséparables se dirigent d'un pas lent vers l'aréna qui ouvre ses portes. La méga-expo-vente-de-garage se termine ce matin.

Jocelyne prend bien soin de ne pas étouffer sous son imperméable le petit chat que Dédé lui a de nouveau confié. Notdog boude, car sa maîtresse a retrouvé le fameux collier oublié par John et le lui a remis. Agnès cherche une explication logique à ce qu'elle vient de voir. Et John transporte le fameux violon.

Ils entrent. Ils sont tous là: Mozart Tremblay, Aimé Talbot, Madeleine Mouton, Du Vernis, S. Trad.

— On vous rapporte ceci.

John tend le violon à sa propriétaire, enfin, celle qui est bien vivante. S. Trad demande si elle peut bien l'inspecter.

— Hum, c'est bien ce que je pensais, c'est un faux. Mais il est de bonne qualité. Je peux vous offrir un bon prix tout de même.

John le lui reprend des mains. À sa manière de résister, John comprend qu'elle le laisse aller à contrecoeur.

— D'après Élisabeth, c'est un vrai, dit-il.

— Ça vaut combien, un vrai? s'informe Madeleine.

— Des millions de dollars, n'importe qui sait ça, répond Mozart Tremblay.

— Qu'allez-vous en faire? demande à son tour Jocelyne.

— S'il s'agit d'un vrai, contrairement à ce que prétend Mme S. Trad, je le vendrai, décide la tricoteuse.

— Il faut trouver un grand violoniste, dit Agnès.

— Un violoniste? Non! Je vais le vendre à un musée. Comme ça, il sera en sécurité.

— Il faut qu'un musicien puisse en jouer! lance John.

— Mon Dieu! Jamais! Je préfère que ce trésor soit exposé dans une vitrine et gardé sous clé.

Chacun regarde Madeleine d'un air désapprobateur. Mais qu'y peuvent-ils?

— Les enfants, où avez-vous retrouvé mon violon?

— Dans le labyrinthe de maïs, répond Jocelyne.

Madeleine Mouton devient songeuse.

# Chapitre X
# La sortie de l'entrée

Devant l'aréna, John, Agnès et Jocelyne discutent ferme.

— On ne peut pas la laisser faire! lance John. Lili a remis le violon pour qu'il soit joué, pas exprimé!

— Exposé, John, pas exprimé, le reprend Agnès. Avoir su...

Jocelyne termine la phrase:

— ... on ne le lui aurait pas rendu. On ne peut quand même pas le lui voler de nouveau!

— Es-tu bien sûre?

John se demande, comme eux tous, si ce ne serait pas acceptable, étant donné la situation. Agnès a une idée:

— On pourrait peut-être essayer de

convaincre Madeleine? En lui racontant tout? Je n'y crois pas beaucoup, mais enfin.

Que faire d'autre?

Quand ils retournent à l'aréna, Madeleine Mouton est partie, avec le violon. Ainsi que ceux et celles qui le convoitaient.

— Elle ne doit pas être très loin. Notdog, tu vas nous aider à la trouver.

Fâché contre sa maîtresse, Notdog se couche en soupirant.

— OK. Si je t'enlève ton collier, seras-tu plus coopératif?

Libéré, Notdog frétille, prêt à tout. Jocelyne lui fait sentir quelques tuques, imprégnées du parfum de Mme Mouton. «Ce sera facile. Ça ne sent pas aussi bon que le jambon, mais ça sent pas mal fort.»

Et les voilà partis.

* * *

C'est à l'entrée du labyrinthe qu'ils retrouvent Madeleine Mouton.

— Je veux voir celle que vous appelez Lili. Puisque vous êtes là, vous allez me montrer le chemin.

Cinq minutes plus tard, Lili et Madeleine sont face à face. Émue, Madeleine s'approche. Hésitante, elle serre contre elle sa petite-cousine fantôme.

— C'est bien toi, notre Lili. Que fais-tu là, après toutes ces années?

— J'ai toujours été là. Dans ce champ abandonné où personne ne venait jamais.

— Pourquoi te manifester maintenant et pas avant?

— Parce que tu as sorti mon violon de l'oubli. J'ai voulu le récupérer. Pour qu'il me tienne compagnie dans cette vie que j'ai.

Madeleine Mouton montre la boîte.

— Il vaut très cher, tu sais. Je voulais le vendre à un musée.

— À quoi sert un violon qui reste muet?

Madeleine lui tend alors l'instrument:

— Personne n'en jouera mieux que toi.

— Je n'étais pas une grande violoniste.

— Pour moi, oui.

Lili prend l'instrument, ne sachant trop si elle le gardera, comme elle le désire, ou si elle le rendra au monde.

— Dis-moi, Madeleine, pourquoi avoir conté cette fausse histoire de vol?

— On ne croyait pas mal agir. C'était plutôt une sorte de farce pour attirer au village les gens d'ailleurs et faire de bonnes affaires.

— Et on en a fait! lance une voix derrière eux, celle d'Aimé Talbot.

Le sculpteur est accompagné de Mozart Tremblay.

— Maintenant, on va en faire une bien meilleure avec ce beau violon, ajoute Mozart.

— Si tu es assez folle, Madeleine, pour laisser ce trésor à un fantôme, on n'a pas le choix de t'arrêter.

— Ce que vous dites là est très juste!

La voix est celle de Nicolas Du Vernis.

— Ah! Notre faux expert qui était chargé d'alerter la presse. Tu auras ta part, ne t'inquiète pas.

Mais Nicolas est accompagné de S. Trad.

— Je regrette, on va diviser ça juste en deux, lance-t-il.

— Finalement, non.

S. Trad bondit vers Lili et agrippe l'instrument. Elle s'enfonce à toute vitesse dans le labyrinthe.

Après quelques secondes de surprise, tout le monde s'élance à sa poursuite. Mais par où est-elle passée? Un seul des poursuivants a une chance de la retracer avant qu'elle réussisse à sortir: Notdog.

— Vas-y, mon chien, cherche.

Notdog, qui adore jouer à cache-cache, obéit à sa maîtresse avec enthousiasme et s'élance. Agnès, de son côté, suggère à John:

— Allons chacun dans une direction différente. On va tous les perdre.

Commence alors une course folle. Chacun pense que l'autre a trouvé le bon chemin, le suit, pour aboutir dans une impasse, revenir, voir surgir l'un et l'autre à

une croisée et se perdre complètement dans ce labyrinthe que Norm Plante n'a jamais si bien réussi.

Quand elle aperçoit S. Trad à travers le maïs, Jocelyne ordonne à son chien:

— Notdog, saute!

Son chien hésite une seconde: «Quoi? D'habitude, elle me dit qu'il ne faut pas que je saute sur les gens!»

Tous les chiens, c'est connu, adorent sauter sur les gens. Notdog ne fait pas exception. Pour une fois qu'il en a la permission, il ne se fait pas prier et il bondit sur les épaules de la voleuse, qui tombe par terre, évidemment.

Jocelyne ramasse le violon:

— Notdog, viens!

Et tous les deux disparaissent illico. S. Trad essaie de les suivre, mais elle est bientôt aussi perdue que tous les autres.

# Chapitre XI
# Mon chat s'appelle Lili

À la fin de l'après-midi, le soleil est apparu timidement. Au dépanneur d'Édouard Duchesne, les inséparables comptent leurs recettes de la vente.

— On pourra repeindre l'agence. En orange, ce serait voyant, suggère Jocelyne.

— Et s'offrir un lecteur de disques compacts, ajoute Agnès.

— Je vais essayer de trouver une affiche de violon. Pour replacer l'autre.

— Remplacer, tu veux dire, le corrige Agnès.

La porte s'ouvre sur Madeleine Mouton.

— C'est fait.

— Bonjour, Madeleine! lance Édouard. Qu'est-ce qui est fait?

— J'ai donné une entrevue à Manon Crayon. Oh! allo, Norm!

Le fermier entre à son tour, enveloppé de son odeur de foin.

— Salut! J'arrive de mon labyrinthe. Imaginez-vous que j'y ai trouvé Aimé, Mozart et deux autres personnes complètement mouillées. Ils avaient l'air de chercher la sortie depuis longtemps. Je pense que je vais le faire un peu plus facile, l'année prochaine. Ça va, les enfants? Vous n'êtes plus fâchés?

— Jamais de la vie! répondent les inséparables en choeur.

Discrètement, Jocelyne entraîne Madeleine Mouton à l'écart:

— Que fait-on de tous nos voleurs? On appelle la police?

— Oh! je pense qu'une bonne grippe sera suffisante pour enlever à Aimé et à Mozart l'envie de recommencer. Quant aux deux autres…

— Que penseriez-vous de leur dire qu'ils seront surveillés par un fantôme?

— Bonne idée, Jocelyne.

Puis le petit Dédé arrive. Il tient son chaton contre son coeur:

— Ma mère veut! Je peux le garder! Je vais l'appeler Lili.

John le prend, l'examine:

— Mais, Dédé, c'est un mâle.

— Et alors?

Notdog s'approche du chat, le renifle. Jocelyne ne lui a pas remis son collier. Pour services rendus.

— Tu viendras jouer avec lui chez nous, promet Dédé.

Notdog comprend qu'il ne sera plus gardien. Il pense: «Un jour, il deviendra gros, ce chat-là. Je ne suis pas sûr que je l'aimerai autant.»

C'est à cet instant que Bob Les Oreilles Bigras entre, gonflé d'orgueil:

— Dites bonjour à Bob L'Artiste Bigras. Parce que Bob vient de vendre sa sculpture de l'entrée à un homme de goût qui va l'exposer!

— Ta sculpture en morceaux de moto? Quelqu'un a payé pour ça? s'étonne Agnès.

Bob ne relève pas l'ironie. Il est trop content:

— Mon premier argent gagné honnêtement! De la réglisse pour tout le monde!

À ce moment, là-bas, dans le maïs géant, une douce musique s'élève. De temps en temps, Lili jouera du violon. Et pour l'entendre, on n'aura qu'à aller s'asseoir au bout du champ.

Le lendemain, le journal du village titrait:

«Madeleine Mouton confirme: le violon volé était un faux! Affaire classée.»

# Table des matières

Achevé d'imprimer
sur les presses de Transcontinental Litho Acme inc.